華文俳句選

吟詠當下的美學

吳衛峰
洪郁芬
郭至卿
趙紹球
永田滿德——合著

序一

俳句常被視為日本特有的一門藝術。然而，如同柔道不再侷限於日本，國際俳句的創作於今也走過了百年的歷史。日本的柔道因著國際化而發揚光大，我們期待俳句的國際化也能發揮相同的作用。

自法國的保爾—路易・庫舒（Paul-Louis Couchoud）肇始，歐美的俳句介紹者以及haiku（「俳句」的英語音譯）或haïkaï（「俳諧」的法語音譯）的作者將俳句擴展至全球舞台，已經達到令人難以想像的規模。艾茲拉・龐德（Ezra Pound）等意象主義詩人率先開啟一條通過俳句來創造現代詩歌的源流。依循此源的除了墨西哥的諾貝爾獎得主奧克塔維奧・帕斯（Octavio Paz）之外，近來還誕生了第一位諾貝爾獎俳句詩人，瑞典的托馬斯・特蘭斯特羅默（Tomas Tranströmer）。我想不只日本，恐怕全世界都不能對俳句所泛起的漣漪無動於衷了。

華文俳句的歷史並不長。於一九八〇年代以後興起的中國漢俳，今日仍被視為是典型的華文俳句。問題是，除了對華文詩歌過於逼促的五七五音定型之外，漢俳並沒有導入多少俳句的美學特點。台灣的俳句發展情形稍微不同，歸因於有在戰時戰前接受日式教育的世代。大約十多年前，長期用日語創作俳句的已故黃靈芝先生獲得了愛媛縣的正岡子規國際俳句獎。我在頒獎的松山市第一次與他見面。印象中黃先生是一位身材削瘦修長、蓄著花白鬍子的老人，滿有中國文人的溫文儒雅。耳聞黃先生當時已創立並在傳授和漢俳不同的「灣俳」，只是後續如何不得而知。

本書的諸位作者以嶄新的方式嘗試「華文二行俳句」的創作。他們於有季語的二行形式中，導入日本俳句的「切」與「二項組合」特點，並且不拘泥於五七五定型的詩體。他們在探索用華文來表現俳句的美學本質，與我在拙作《日本詩歌的傳統》（有中譯本）書中的主張契合，也可視為是該書論點的具體實踐。一年來的創作使他們獲得了寶貴的經驗和成果。我希望未來「華文二行俳句」有更多的作者和讀者參與，並由衷支持他們此等果敢的創舉。

川本皓嗣
東京大學榮譽教授・日本學士院院士・正岡子規國際俳句獎評審委員

川本皓嗣先生簡歷：

比較文學學者。東京大學畢業，同大學院博士課程期間赴法國巴黎大學留學。一九七一年－二〇〇〇年在東京大學比較文學比較文化專業任教。東大退休後曾擔任帝塚山大學教授、大手前大學校長。

一九九九年－二〇〇三年任日本比較文學會會長。二〇〇〇年－二〇〇四年任國際比較文學會會長，二〇〇四年任期屆滿後選為該學會榮譽會長。二〇〇九年選為日本學士院院士。二〇一三年日本政府授勛瑞寶重光章。

著有《日本詩歌の傳統——五七五の詩學》（岩波書店一九九一年）等。

序二 承先啟後
——開創台灣華文俳句的契機

洪郁芬以《華文俳句選》示我，囑我寫序。寫序，實不敢當。我不是俳句作家，也不是鑽研俳句者；只是一介日本文學研究者，基於理念相同，為他們勇於嘗試與實踐的精神感動，樂於推薦。

俳句，雖是日本人的傳統詩之一，如川本皓嗣教授序中所言已「國際化」。有英語的俳句，也有大陸稱的「漢俳」，至於台灣呢？日文俳句可上溯至日治時期；而戰後，吳健堂醫師於一九六八年成立日本短歌會「台北歌壇」，後以台北歌壇成員黃靈芝為中心於翌年七月組「台北俳句會」，每月聚會一次，以俳句交流——體現山本健吉所說「問候、滑稽、即興」俳句三大功能之一。其最大成就便是黃靈芝於二〇〇四年以《台灣俳句歲時記》獲日本正岡子規國際俳句獎。

台灣的華文俳句誕生於戒嚴令解禁後的一九八〇年代末，至一九九〇年代趨於鼎盛。除了黃靈芝的「灣俳」、同樣有日文俳句創作經驗的詹冰的「十字詩」，詩人陳黎不僅作華文俳句詩，最近還從英文翻譯《一茶三百句：小林一茶經典俳句選》等，實際的華文俳句寫作人數當不止於此。

這次以吳衛峰，洪郁芬、郭至卿、趙紹球四位的俳句選，有以下幾個特色。

其一、二行書寫。

國際俳句，究竟採幾行書寫？我們常見的是三行書寫，即如大陸的漢俳、英文俳句大都採三行書寫。本書的作品採二行書寫，正如洪郁芬指出，即為表現日文俳句美學結構中至關重要的「一個切」的概念。

其二、建立華文俳句規則。

日本傳統俳句有「季語」之約束。本書作品雖大部分有「季語」，但亦嘗試寫無季語的俳句。俳句是否一定要有季語呢？傳統與現代俳句詩人各有主張，無法定於一，似乎亦無定於一之必要。

華文俳句如堅持要有季語，我想需要建立屬於台灣的季語。季語顯示季節感之外，也是美意識的呈現。台灣與日本的季節感相差甚遠，不宜直接採用日本既有的季語。季語的使用能否固定下來，本書幾位作者還有一段路要走。不過，我相信他們做得到的！

各國詩人當中，不乏對俳句情有獨鍾，且以俳句做詩者。例如：美國詩人蓋瑞・史耐德（Gary Snyder）〈十津川峽谷遠足〉（Hiking in the Totsugawa Gor）：「撒尿／凝視／一瀑布」（吳潛誠譯）、〈春〉（Spring）：「蜜蜂嗡嗡／輪胎轉動／春泥」（林耀福譯），以及二〇一一年獲諾貝爾文學獎的詩人特朗斯特羅默從二十幾歲起就對俳句感興趣，他的俳句詩：「幾根高壓線／在結凍的國度張弦／音樂圈的北方之涯」；「一對紅蜻蜓／以緊緊糾纏之姿／搖曳著飛行」（二首皆林水福譯自日文）這是詩人攝取俳句養分後的詩作明證。

吳衛峰在後文中說：「希望各位寫新詩的朋友多多參與，讓我們的華文二行俳句更加成熟，也使華文新詩更加豐富。」這是他們的呼籲與期待，也是我多年來引介日本小說・詩的目的——豐富台灣的文學，甚至全球華文文學。所以我說我們理念相同！

靠著他們的努力耕耘，相信不久的將來，我們的華文俳句、不就連我們的現代詩園地將會是一片繁華似錦！

著名學者・作家・日本國立東北大學文學博士

林水福

林水福先生簡歷：

台灣雲林人。日本國立東北大學文學博士。曾任中國青年寫作協會理事長、台灣文學協會理事長、國立高雄第一科技大學副校長、外語學院院長、文建會（現文化部）派駐東京台北文化中心首任主任；國際芥川龍之介學會理事、台灣芥川龍之介學會理事長、國際石川啄木學會理事、台灣啄木學會理事長、日本文藝研究會理事等。

著有《讚岐典侍日記之研究》（日文）、《他山之石》、《日本現代文學掃描》、《日本文學導讀》、《源氏物語的女性》、《中外文學交流》（合著、中山學術文化基金會）、《源氏物語是什麼》（合著）《日本不能直譯一》《日本不能直譯二　關鍵字其來有自》《日本不能直譯三　讀日本文學的人》。與是永駿教授合編《台灣現代詩集》（收錄二十六位詩人作品）《シリーズ台湾現代詩ⅠⅡⅢ》（國書刊行會出版，收錄十位詩人作品）；與三木直大教授合編《暗幕の形象》（陳千武詩集）和《深淵》（瘂弦詩集）等。

華文二行俳句的寫作方法

華文二行俳句（以下簡稱「俳句」）的寫作方法說明如下：

（一）俳句無題，分兩行。

例：

靜

浸入岩石的蟬聲

*松尾芭蕉（一六四四—一六九四）。原文是五七五形式，我們將譯文排成二行。以下同。

（二）第一行和第二行之間意思斷開，即日本俳句的「切」。二行間的關係，我們稱之為「二項組合」。其中一行寫一個場景，另一行寫一個意思可以相關的詩句。二者不即不離，一重一輕，一主一次，由相互的關聯、襯托、張力來營造詩意。

例：

武藏野天空清澄

落葉

＊水原秋櫻子（一八九二——一九八一）。

（三）我們提倡一首俳句用一個季語，即表示季節的詞語。本書中也收錄少部分無季俳句，作為將來試驗的一個方向。

例：

鈴聲輕響

遮陽傘

*飯田蛇笏（一八八五—一九六二）。「遮陽傘」是夏天的季語。華文俳句的作者會因自己居住的區域而擁有不同的季節感，所以我們在季語上暫時不求統一。

（四）俳句內容須吟詠當下、截取瞬間。不寫過去和將來。

例：

踩到藤蔓
滿山的露水顫動
*原石鼎（一八八六—一九五一）。

（五）吟詠具體的事物。不寫抽象。

例：

魔術師手指靈動

地下街
＊西東三鬼（一九〇〇—一九六二）。

（六）提倡簡約、留白。儘量不用多餘或說明性的詞語。

例：

良夜
無聲的沙漏
＊永田満徳（一九五四—）。

除了以上六點，寫作華文俳句還要注意以名詞為中心，少用動詞形容詞副詞。現代詩歌中擬人手法很常見，但是我們主張俳句作者在達到高階之前，儘量不用這個修辭手法。因為如果用不好，一則會偏離俳句客觀寫生的主旨，二則也不能達到俳句和其他形式的現代華文詩歌的差別化，呈現自己的審美特點。

本書是洪郁芬、趙紹球、郭至卿、吳衛峰四位同人的華文二行俳句集。其中每人二十首，主要由春、夏、秋、冬四季季題的作品構成，另有少量無季。本書顧問永田滿德先生也賜稿日文俳句二十首。

本書俳句皆有日文翻譯。洪郁芬擔當自己以及趙紹球、郭至卿的華譯日部分，並負責永田先生俳句的日譯華。吳衛峰擔當自己俳句的華譯日部分，並負責川本先生序文及永田先生短文的日譯華。

吳衛峰　代表

二〇一八年十月吉日

CONTENTS

趙紹球俳句

吳衛峰俳句

永田滿德俳句

洪郁芬俳句

春

春日後晌
媽祖揮動拂塵

春の昼
媽祖の拂塵を振つてゐる

＊拂塵は台湾の女神、媽祖の法器の一つである。現世の因縁を払い、脱俗のためにお使いになると伝えられている。

全力的輕巧
蝴蝶飛

全力の軽やかさなり
胡蝶飛ぶ

一龍昇天
愛河的燈會主燈

龍天に登る
愛河の主燈かな

＊愛河位於台灣高雄。
＊愛河は台湾の高雄を流れる川である。

夏

風獅爺斗篷
翻轉時間

シーサーのマント
時間を翻す

＊シーサーは台湾海峡の島々で、強い風から島民の生活を守る守護獅子である。島人達は、シーサーに色々な柄のマントを付る。

石斛蘭的戰神之魂
鄒族
石斛に戦神の霊
ツオウ族

＊鄒族是台灣原民之一。
＊ツオウ族は台湾の原住民の一族である。

靈魂點燃即滅
姬螢

魂の光りて消ゆる
姫蛍

*姬螢是日本原生種。

一痕飛機雲的傷
夏日晴空

飛機雲の傷跡ひとつ
夏の空

魚鱗雲
地球彷彿那方

うろこ雲
向ふに地球あるやうな

虎甲蟲
左是海右邊是海

道をしへ
左は海辺右は海

傾向梅雨後的南風
楷樹

白南風の赴くままに
孔子の木

角色扮演的布袋戲
斗大的汗

コスプレの布袋の芝居
玉の汗

秋

夜夜重疊的思慕
楓初紅

一夜ずつ重なる思ひ
薄紅葉

芒草原
蔗糖五分車

薄野の
砂糖の五分車揺れゆけり

＊五分車是台灣糖業的專用鐵路。
＊五分車は、台湾糖業鉄道の甘蔗を運ぶ列車のことである。レールの幅が七六二ｍｍで、ほぼ國際正常的レールの半分であるため、五分車と名付けられる。

一半的故鄉與此鄉
月陰

月の陰
半分ずつの里とここ

以人字飛往人世
候鳥

人の世に人の字でゆく
渡り鳥

安靜時的潺潺水聲
紡織娘

靜まればせせらぎの中
クツワ虫

相擁和相撞
鐵路的小蓬草

寄せ合ひしぶつかり合ひし
鉄道草

冬

冬暖
惟有原色的商牌

冬ぬくし
ただ原色の看板街

背著牛角水壺
狩獵祭

牛角の水筒提げる
狩猟祭

＊狩猟祭は、台湾原住民の十二月の祭りである。

拂曉
重整列隊的吊蚵竹架

朝まだき
牡蠣床の列立て直す

郭至卿俳句

春

春日過午
遊子的背影

春の昼
遊子の背の影

阿立祖祭
牆上的全家福

阿立祖祭
壁の家族写真

＊阿立祖是台灣平埔族的祖先。阿立祖祭是三月二十九日。
＊阿立祖はシラヤ語の、台湾平埔族の祖先である。阿立祖祭は三月二十九日にある。

新年的龍山寺
誦經聲不斷

龍山寺の新年
読経の音止まず

＊龍山寺位於台北。
＊龍山寺は台北にある。

女孩銀鈴的笑聲
春天的花園

女の子の銀鈴の笑い声
春野原

春天穿洋裝的女郎
巴黎的陽光

春ドレスの女性
パリの日差し

夏

沙灘
日光浴的人魚隊伍

砂浜
人魚の日光浴の列

台灣啤酒
人人手中的玻璃杯子

台湾ビール
手に手に硝子のコップ

淡水碼頭
地平線的火燒雲

淡水埠頭
地平線の大夕焼

＊淡水は台湾の北部にある、台湾の三番目に長い川。

屋簷下的風鈴
午後打瞌睡的老人

軒下の風鈴
午後居眠りの老人

一聲雷
成績單上的紅字

雷鳴一つ
通信簿の赤字

白鷺鷥
綠川上的休止符

白鷺
緑川に休符

草原上的單車
彩虹橋

草原の自転車
虹の橋

秋

日照楓葉
奥萬大的樹林小屋

照紅葉
奥萬大の森の小屋

＊奥萬大は台湾の南投県にある国家森林。全国一番広い紅葉林を誇る。

小籠包
孩子蘋果的臉

小籠包
子どものりんごのような顔

驚嘆號的台北一〇一大樓
秋日高空

驚嘆符の台北一〇一ビル
秋の空

冬

蘭陽平原的冬天
山邊農舍的炊煙

蘭陽平原の冬
山辺に農舍の炊煙

大雪
帽簷陰影的眼眸

大雪
帽子のつばの陰の目

溫酒香
妻子的髮髻

熱燗の香り
妻の髷

孩子張大的嘴
聖誕禮物的夜晚

子供の大きく開けた口
クリスマスプレゼントの夜

無季語

桌上的咖啡杯
翻開的詩集

机のコーヒーカップ
開かれた詩集

趙紹球俳句

春

無星夜
花瓣撲向酒杯

星無き夜
酒グラスに飛び込む花びら

花落滿階
半夢半醒的早晨

落花の 階（きざはし）
うつらうつらの朝

山茶花開
桌上冒煙的功夫茶

椿咲く
湯けむり立つカンフー茶

＊功夫茶，是指泡茶、烹茶及技法，講究的是品飲方式。
＊カンフーは中国語では「功夫」と書き、「手間」という意味である。つまり、手間をかけて飲むお茶のことである。

燕子低飛
新裝的伊人

低く飛ぶ燕
新しい服の彼女

夏

驟雨
賴在床上的假日

俄雨
ベッド籠りの休日

江上
一盞盞明滅的螢火

川の上
灯りて消ゆる蛍火

夏日沙灘
少女的酒窩微醺

砂浜
微酔の少女の笑窪

返鄉路上
夾道的風鈴木

里帰り
道の両側に黄金凌霄花

秋

手持燈籠孩童的嬉鬧
走月

灯籠を持つ子供の戯れ付き合い
走月

＊走月は中国とマレーシアの習俗で、中秋節に灯籠を持って街を歩く。

蜻蜓點水
釣竿動也不動

水面をかすめる蜻蛉
動かぬ釣り竿

秋月
石碑上的青苔

秋の月
碑（いしぶみ）の青苔

遠山的薄霧
佳人一襲單衣

遠山の薄霧
彼女の単衣

白河
向晚的殘荷搖呀搖

白河
暮れ方に揺れる破れ荷

＊白河是產荷勝地，位於台灣台南縣。
＊白河は台湾の台南県にある荷の勝地。

月亮落到山那邊
茶涼了

山の彼方にしずむ月
お茶が冷める

流星
放閃的一串夢想

流星
一束の光る夢

人字雁
媽媽手中的新裁

人の字の雁
母の手に新絵柄

冬

雪狐探出頭來
傍晚的炊煙

白狐が顔をのぞかせる
夕方の炊煙

無季語

海口遲暮
情人橋上眺望的麗人

港湾の日暮れ
情人橋で眺める佳人

*情人橋在台灣的淡水。
*情人橋は台湾の淡水にある。

吹茶
松風拂耳

茶を吹いて冷ます
松の風

火車進站
回家的心情驛動
列車の到着
どきどきの帰心

吳衛峰俳句

春

雨中石階
捲著的賞花墊席

雨中の石段
束ねた花筵（はなむしろ）

海風
黑岩下的紫羅蘭

海の風
黒い岩の下に紫のスミレ

手夠不到鬧鐘
春曉

目覚まし時計に手が届かない
春のあけぼの

爬格子
發情的貓走過

もの書けば
恋貓が通り過ぎる

三月絲雨
溫泉旅館的燈籠

三月の霧雨
溫泉宿の紙灯篭

風吹簾動
春夢

窓掛けが風で動く
春の夢

夏

又錯過家門
路邊的杜鵑花

またしても家の前を通り越した
道ばたの躑躅（つつじ）

蟬聲
夜行路長長的影子

蝉の声
夜道に伸びる人の影

夏日夕陽
碧昂絲歌聲伴我歸家

夏の夕日
ビヨンセの歌が家路（いえじ）のお供（とも）

夏夜
濤聲和著「真夏的果實」

夏の夜
波の音と「真夏の果実」

＊〈真夏的果實〉是日本歌手桑田佳祐演唱的歌曲，發表於一九九〇年。
＊「真夏の果實」は桑田佳祐が一九九〇年に発表した歌。

驟雨
敲打車窗的鼓手

にわか雨
車窓を叩くドラマー

傍晚乘涼
掰腕子不輸給女兒

夕涼み
腕相撲我が子に負けまいぞ

秋

秋日野餐
飛來一隻足球

秋のピクニック
サッカーボールが飛んでくる

柿子熟了
遠行的單車隊

柿が熟れる
サイクリングの列が遠のく

半山腰的蕎麥麵館
鹿鳴聲聲

山の中腹の蕎麦屋
鹿の鳴声

松枝間
斑駁的秋光

松の枝のまばら
秋の空

穿門而入的晨風
菊花灑下金黃

門を入ってくる朝の風
菊が散る

冬

爐火邊
翻破一卷杜工部

炉端
めくり読む杜甫の詩

夜宿的天鵝
最上川的童話

白鳥の群れ
童話めく夜の最上川（もがみがわ）

＊「最上川」，日本山形縣河名。入海口附近每年約一萬隻天鵝從西伯利亞飛來越冬。
＊最上川河口付近では、毎年シベリアから渡来した約一万羽の白鳥が越冬する。

暴風雪
明滅的汽車尾燈

吹雪
車の尾灯が点滅する

永田満徳俳句

春

一灣的光束啊
元旦初景

一湾に光の束や
初景色

打鬥陀螺
離手後意氣風發

喧嘩独楽
手より離れて生き生きと

＊打鬥陀螺為日本佐世保陀螺的別名。

一人離去兩人離去
暮色裡的櫻
一人抜け二人抜けして
夕桜

犀牛角
來頂撞人世的春天罷！

犀の角
この世の春を突いてみよ

地球是否發癢
拾潮
こそばゆき地球ならんか
潮干狩

較之雨聲還隱晦的
初蛙

雨の音よりもかそけし
初蛙

夏

主震後的空白
夏燕

本震のあとの空白
夏つばめ

水黽
不抵擋漩渦的流動

あめんぼう
流れて渦にさからはず

酷暑
椅子上鎖骨苦的一鳴
炎暑なり
椅子に鎖骨のこつと鳴る

熱帶夜
沈溺般的翻身

熱帶夜
溺るるごとく寝返りす

蝸牛
無論如何都要走

かたつむり
なにがなんでもゆくつもり

秋

秋陽杲杲
示威遊行末尾的嬰兒車

秋うらら
デモの後尾に乳母車

是黎明的音色或聲色
留下的蟲

あけぼの音とも声とも
残る虫

通勤車
月娘賞臉即旅途

通勤車
月の出づれば旅となる

月如明鏡
公車停靠每個橋名

月冴ゆる
橋の名ごとにバス停車

結草蟲之蓑
設防或不設防

蓑虫の蓑や
防備か無妨備か

日照楓紅
浸泡過多的湯泉

照紅葉
身にあまるほど湯を使ふ

破蓮
這兒那兒照映的雲
破蓮や
ところどころに雲映す

冬

肌肉為男人衣裳
寒季

筋肉はをのこの衣装
寒祭

浮世畫的逆捲波
早春還寒

浮世絵の波の逆巻き
寒戻る

為什麼寫華文二行俳句？

華文二行俳句的實踐已屆一年，而我們為何要提倡這種詩體，尚有梳理解釋的餘地。日本俳句越境成為Haiku，在世界各國用不同語言創作，已有百年歷史。華文圈的詩人在一九八〇年以降，特別是一九九〇年代以後，對俳句這個短詩型的種種實踐，更是有目共睹。

寫華文俳句，須對日本俳句有一定的了解。然而語言文化既不相同，我們便會自問一下：「為什麼寫華文俳句？」如果簡要回答的話，或許可以說，因為與在西方文學影響下發展至今的華文現代詩比較，俳句有著不同的美學或寫法。寫華文俳句，能在我們寫現代詩的同時，給我們提供一種對世界對人生別樣的觀照視角和表述方式。

那麼什麼是俳句美學的精髓呢？對此或許有很多不同意見。陳黎的「現代俳句」關注俳句的短與密度，而最近幾年流行的「截句熱」倡導瞬間感受的截取。這些都僅僅體現了俳句的一個側面。因此我們不得不說，「現代俳句」和「截句」只能歸類為受到俳句美學影響的現代派詩歌的短詩型，而不是我們這裡要討論的華文俳句。

從美學上，華文俳句推崇由正岡子規提倡推廣、高濱虛子繼承發揚的「客觀寫生」，我們把這四個字解釋為忠實描寫對自然人事的瞬間觀照。但是，華文二行俳句最重視的，是日本傳統派俳句構造中的「切」與「二項組合」這兩個特點。芭蕉弟子解釋芭蕉俳句的主張時說：俳句在內容上需要「先去後返」，需要用切字或其他手法將這個小宇宙分割為兩個部分。所謂「去返」，即可理解為兩個部分意義的「發」與「收」，或曰意義的「鋪展」與「著色」。著名學者川本皓嗣先生把前者稱為「基底部」，後者稱為「干涉部」，本文暫且以A代指「基底部」，以B代指「干涉部」。A是俳句的基本內容；B給基本內容提供背景，或引導基本內容的指向。

先舉俳聖芭蕉的名句為例子分析一下：

B：静

A：浸入岩石的蟬聲

原文由五七五音律組成：「閒さや／岩にしみ入る／蝉の声」。重排成二行俳句：

B：閒さ「や」

A：岩にしみ入る／蝉の声

B的「や」是切字，所以日語俳句不需要分成二行。據弟子紀錄，芭蕉首先寫成：

B：山寺

A：浸入岩石的蟬聲

A的「浸入岩石的蟬聲」是俳句的基本內容，一個自足的部分。但是單單這樣一句，似乎很難構成一個完整的詩意世界。A還需要一個背景，或意義上的指向。芭蕉開始把B寫為「山寺」，這樣本來也是一個好俳句，但是A和B之間的對比模糊，意象上有些「平」了。A的描寫之奇拔沒有得到凸顯，意義精髓沒得到十足的烘托或提升。所以他再三斟酌，把B改為「靜」（或譯為「閒靜」）。這樣，一動一靜的尖銳對比，把這首俳句提升成芭蕉的代表作。就好比B是一位美女或靚仔，A是時裝。芭蕉讓這位美女或靚仔換了一身大膽新潮的衣服，使人驚豔。

俳句中兩個各自獨立的「像」（image）的相互襯托，或對比關係，日語叫「取り合わせ」（toriawase）。原義是把不同的東西搭配在一起，我們在華文二行俳句中用「二項組合」一詞指代。上邊芭蕉的句子，就是A與B的「二項組合」。A與B，意義上既不能離得太遠，如同雙眼不能聚焦，構不成一個立體的小世界。也不能離得太近，黏了，使作品失去了層次與縱深。

華文二行俳句的必須條件是：

（一）二行。一行是A（基底部），一行是B（干涉部）。

（二）AB構成「二項組合」。

（三）最好有一個表示春夏秋冬季節的詞語，「季語」。

此外，我們還在嘗試無季的俳句。但是俳句短小精鍊，無季並不好寫，容易失去主題。故需要謹慎，練字，反覆吟詠。

我們再舉兩首華文二行俳句的作品，來解釋以上的三個條件。先看詩友趙紹球的一首冬季季題的俳句。

A：雪狐探出頭來
B：傍晚的炊煙

這首俳句的季語是「雪狐」（冬季），也叫北極狐。華文因為沒有「切字」，二行俳句形式使用換行來表示切。

我們單看A行，一頭雪狐在寒冬從洞中探出頭來，牠可能是餓了，打算出來尋找食物；也可能是寂寞等待夥伴，探出頭來張望尋找。這是一個簡單充足的像，可以做出多種解釋的畫面。然後我們看B，「傍晚的炊煙」，我們於是知道時間是在傍晚，而炊煙自然是從人家冒出來的。B成為A這個雪狐畫面的背景。我們看到，傍晚的冰天雪地中，一隻雪狐從洞裡探出頭來，望著遠處的村落。畫面一近一遠，一靜一動（可以想像炊煙處的人跡與喧囂），一冷一暖。夕照下的白狐與炊煙、自然與人事形成了對比，又渾然一體。雪狐是覬覦著村落的食物？還是對人間充滿了好奇？通過AB的二項組合，句義立體而豐富，韻味無窮，使我們不只從人的視角觀察雪狐，更給我們提供了透過雪狐的眼睛觀察遠處村落的視角。

再有，俳句的簡約和留白的特點也呈現在這首作品中。「雪狐」一詞，只有兩個字，便使我們聯想到冬天的雪原；而「探」字，則既暗示了雪狐的藏身之處（應該是雪原中的巢穴），又表現了野生動物的機警。俳句的語言就是這樣，省去一切多餘的解釋，通過二項組合，用幾個極富聯想力的關鍵字詞構築起一個詩意世界。

再看詩友林國亮的一首夏季季題的華文二行俳句作品：

B：風鈴

A：貓撲窗簾晃動

「風鈴」是夏天的季語。基底部的A，描寫一隻貓撲在窗簾上，使窗簾晃動。畫面雖然有趣，但是很平面。而加上干涉部的B，悅耳的風鈴聲帶來涼意。AB的二項組合，便呈現出慵懶的夏日涼風習習、風鈴叮叮，頑皮的貓跳來跳去，撲著窗簾玩耍。整個畫面由是靈動起來，栩栩如生呼之欲出，使讀者感受到充滿餘味的愜意。

現在其他形式的俳句，除了「漢俳」，值得注意的還有十字定型的「十字詩」（三四三）。但是一旦定型，內容就容易被表面的音律形式所束縛、影響，反而失去俳句美學的精髓。

「十字詩」若用了文言，便會把中文古詩的意象帶進來。如果用現代白話文，以這麼短的詩型，讀起來難免有過於質樸的「童謠」之感，達不到現代詩歌的維度。最重要的是，因為華文沒有「切字」，它的三四三形式使「切」很難辨識，也很難學習。

有鑑於此，華文俳句摒棄了多數各種俳句堅持的三行形式，以二行來凸顯「切」的存在，既便於識別，也便於學習掌握。

正岡子規在一八九五年寫成的『俳句大要』中陳述了他的俳句美學。他在「修學第一期」一節中說：

（一）若作俳句，莫求巧，莫掩拙。

（二）儘量寫當前的季節景物，因為易聯想且有感觸。

（三）要寫自己的俳句，須多讀古今名句。

（四）善寫文章、新詩的人，一開始寫俳句，會覺得過於簡單，於是提出疑問：「俳句到底能表達什麼思想呢？」這正是寫作和聯想習慣的差異引出的疑問，因為作者試圖把寫新詩、寫文章小說時的複雜思想表達在短短的十七音中而不得。如果把適合俳句的簡單內容收進來，便不覺苦。即便有複雜思想內容要表達，只要抽取其中最適合用俳句表達的一個要素，也能寫出好俳句。

所謂「十七音」就是日本俳句五七五音的定型（加起來正好十七音），相當於華文二行俳句的「短短二行」。另外，子規的高徒高濱虛子曾如下分析客觀寫生和主觀表達的關係，也對我們有很大啟發：

我專門要提倡客觀寫生。因為，俳句的重點應該放在客觀上。寫俳句，須磨練客觀寫生的技法。努力於客觀寫生，通過客觀描寫，主觀便滲透出來。作者的主觀是隱藏不住的，隨著客觀寫生技巧的進步，主觀自然抬頭。客觀寫生的手法純熟後，作者的個性難以隱藏，其銳鋒就會刺破「客觀寫生」的袋子鑽出來。

華文二行俳句還在實踐中，它的目的並非要代替華文的現代詩歌，而是提供一個對世界對人生的新的表述形式。而如上引二位詩友的作品，可以看到，我們已經取得了一定的成就。希望各位寫新詩的朋友多多參與，讓我們的華文二行俳句更加成熟，也使華文新詩更加豐富。

最後，感謝白世紀先生為華文二行俳句的實驗提供了「新詩路」這個網上平台，感謝白先生對活動的大力支持和積極參與。感謝日本臉書俳句大學校長永田滿德先生對我們活動自始至終細緻耐心的指導。沒有永田先生在理論和實踐兩方面的具體指導，我們的華文二行俳句實驗是不可能起步並發展至今的。

吴衛峰

吴衛峰簡歷：

旅日華人學者，畢業於東京大學大學院比較文學比較文化專業博士課程。博士（學術）。現任日本東北公益文科大學教授。

主要研究方向為中日比較詩學。最近關注日本和歌與俳句的譯介，以及華文俳句的試驗。

華文俳句的二行書寫

與日文俳句結下不解之緣，始於大學時代與黃靈芝老師的一段際遇。當時我就讀政治大學日文系，於一次課堂參觀靈芝老師的台北俳句會後，深深地被日文俳句以簡短文字記述季節瞬間的感動吸引，遂隨同靈芝老師在台北俳句會見習幾回。俳句之廣之深，非課餘的學習能透徹。大學畢業後因現實需求棄文學執教鞭，俳句的學習便於靈芝老師編著的《台灣俳句歲時記》[1]中的一句拙作後停頓多年。

然則，寫俳句的渴望一直內裡蟄伏。一次似乎被安排好的偶然，在網路上鍵入俳句兩字後，我加入了日本的俳句大學文藝社團。於二〇一六年的春天，再度開始以俳句歌詠生活的感動。後因俳句大學校長永田滿德老師與台灣詩社新詩路於二〇一七年十月開始合作華文俳句徵文，得以有機會與新詩路的夥伴們開始探討華文俳句。

習於以日文書寫俳句的我，在面臨華文翻譯的問題時常思考，華文俳句應當以甚麼形式呈現，才能保留日文俳句的美學特質？關於何謂俳句的美學特質之主張眾說紛紜，沒有定論。以至於今日的國際俳句界各方以各自的美學見解與形式書寫俳句。

關於俳句形式的討論，綜觀黃靈芝老師之後的台灣俳句或漢語俳句，除了十字詩的創始人詹冰之後的漢語俳句，以一行十個字的減字定型來書寫之外，皆移植日文俳句的形式或以五七五書寫。又如當今的英文俳句，如*HAIKU MOMENT*[2]前言曰：「當代英文俳句因英語與日語的音節差異，大多是十二至十四音節，雖然許多英文俳句詩人試著維持日文的五七五音節數。行數雖有一行或兩行的俳句，但是以三行為主流。」國際俳句在形式上與日文俳句形式的聯結，由此可見。

根據國際俳句協會的網站，今田述在介紹漢俳的前言[3]曰：「中國漢俳的創辦者之一已故林林先生曾說，既然稱為漢俳，就不能只有五七五的形式。其內涵也必須接近日文俳句。」一語道破現今漢語俳句界以形式為主，對於內涵則不多加探究的隱憂。有鑒於此，我開始步入探討華文俳句該如何書寫，才能有效表達日文俳句的美學本質的行列。

台灣首位揭示俳句形式與內涵的乃笠詩刊的創辦人之一詹冰。他於十字詩理論[4]曰：「一首詩濃縮為十個字左右，我想有下列兩大優點一簡潔二留白，此外，我感覺十字詩中有勁、乾脆、淡泊、深度等魅力。」復曰：「現在世界最短的定型詩是日本的俳句。一共只有十七（五、七、五）個字（音）。十七字的俳句，翻譯成中文，大概譯成十個字左右，反過來說，我們只用十個字寫詩，就可以寫出跟俳句一樣的詩境來。」由此可見詹冰認為華文俳句的形式應以十個字表達，而簡潔和留白為俳句美學的特點。例如[5]：

春日暖　蜜蜂醉於　蘭花香
春曉美　燦爛陽光　洗我臉

台灣九〇年代之後，《聯合報》副刊與《中國時報》人間副刊先後刊登俳句式新詩，引起了一陣俳句風。詩人林建隆[6]、陳黎[7]等陸續出俳句集。其俳句特色皆為無字數規定的三行，不強調季節感，而其實質內涵為華文現代詩。楊雅惠的俳句式新詩研究將其歸類為混融的文類[8]：「台灣俳句新詩另有一類，則已超越日本俳句的本色，而且是現代詩的縮寫形式。」在此以詩人林瑞明[9]為例：

一

季節又到了
樹睜開千蕊的眼睛
張看花花世界

二

陽光穿越了黑森林
飛瀑濺起的水珠
反射出千萬顆小太陽

兒童文學家邱各容於其著作《台灣俳句集》的封面曰：「俳句雖是短詩，卻具足情境與意境的書寫，押韻的普遍性也適合吟誦。」其俳句形式為有詩題的五七五三行，而內涵則接近押韻的華文古典詩。例如[10]：

【春蘭】
千山雲無蹤
春蘭幽谷吐芬芳
巧雲晚來風

【夏荷】
烈日正當空
夏荷田田笑靨迎
南柯織一夢

綜觀以往的台灣華文俳句，除了詹冰主張以一行十個字書寫之外，形式上與英文俳句採三行為主流相同，有的字數維持五七五，有的不限字數。俳句式新詩的內涵為華文現代詩，而其他的台灣華文俳句與日文俳句唯一的共通點是季節感。然而，五七五及三行的形式或季語的使用能否有效表達日文俳句的美學本質有待商榷。

日本俳人五島高資發表論文[11]主張國際俳句最重要的要素應是「切」，而不是季語或五七五形式。該文[11]曰：「因為有些國家一年四季同一季節，而且各個國家的語言有獨自的韻律不適合使用日本的定型。」因此，五七五的形式或季語不適合做為國際俳句的重要要素。五島因此提出切為國際俳句的重要要素，曰：「事物A＋事物B孕育相乘的效果，使俳句更有詩意。」又曰：「實景觸發的詩意離開事物既有的概念是一種光。這與松尾芭蕉所說的事物觸發的光一致，也是切的核心或內涵。」切也是評價日本俳句詩意深淺的重要要素。根據該文，倘若松尾芭蕉的名句「古池塘　青蛙躍入水的聲音」當初寫成「青蛙躍入古池塘的水聲」，便沒有後來古池塘等於舊俳句界，青蛙等於芭蕉的雙重衍生意義。在詩意上，有切的俳句比沒有切的俳句更深邃，也更受好評。

*Writing and Enjoying Haiku*一書揭示六個英文俳句的規則。其第二點[12]明示俳句的意義要分成兩個部分：「俳句的形式上最重要的，是意義要分成兩個部分。因為俳句不能斷成三段，或只有一個平鋪直敘的句子。中間要有一個斷或休息，使一句俳句成為兩個部分。」

我認為換行是一種斷句，如松浦友久[13]所說：「在分行的自由詩裡，「行」本身具有意象的節奏單位與意象的韻律單位功能，意象的展開就成為節奏的展開，意象本身的節奏化成長短自在的斷續感。」而一行詩中的空白，也是斷。仇小屏於〈新詩藝術論之五〉[14]指出，標點符號可以分成具形和隱形的。前者是指一般應用性的、有形體可見的標點符號，後者則指利用詩行中的空格留白，取代標點符號，也就是在應該有標點符號的地方並未使用標點符號，而是空出留白作為標示。因此，換行就是斷句的標點符號。而一行詩中的空白，也將意義切斷。倘若將華文俳句分成三行來寫，等於有三個部分。如過去的台灣華文俳句，雖皆有切在兩個完整意義的句子之間，然而因為局限於三段的形式，把原本兩個完整意義的句子硬切成三份。或是包含兩個切把一句俳句切成三個完整意義的句子。例如：

【春蘭】
千山雲無蹤／
春蘭幽谷吐芬芳／
巧雲晚來風／

此句有三個意象，以千山、春蘭和巧雲構成，實為三個完整意義的句子。而中國當代的漢俳的形式也大多是五七五三行，包含三個完整意義的句子。如世界俳句協會網站的例句[15]：

牽牛花

牽牛花露開／
晶瑩猶恐污顏色／
搖曳落塵埃／

又如此例句[15]：

中元節其二

施食台，／寂然、／
野魂彳亍乱墳辺、／
老翁結鬼縁。／

這個例子在第一行加入逗點，於是整個句子一共有四個切，成為四個完整意義的句子。超過兩個意義的句子使用在日本當今俳句界是普遍不被接受的。

又或詹冰的十字詩為例，一行中有兩個空白，等於有三個斷。如：

春日暖／　蜜蜂醉於／　蘭花香

蜜蜂醉於蘭花香是一個完整意義的句子，但中間有一個空格，使一個完整的意義斷成兩個部分。或許是為了呼應日本俳句五七五的形式，將一句詩句以空格隔成三個部分。雖然只有一行，但客觀上對讀者來說，句間的空白還是形成了斷，等於有三個部位。

由於過往的華文俳句，無論是台灣的或是中國的，大多數皆是以三行書寫的形式，在切的運用上皆呈現一句俳句包含三個以上的完整意義的句子，與主張一個切兩個完整意義的句子的當今日本俳句界或英文俳句界有所出入。因此我們主張華文俳句宜寫成二行且行間不空格，以避免句子的意義因分行或句間空白而斷，遂符合國際俳句和日文俳句美學結構中至關重要的「一個切」的概念。其他俳句的規則皆說明於前言部分，在此提倡一種新的華文俳句書寫規則，有效對應當代日文俳句的美學本質。

洪郁芬

洪郁芬簡歷：

台灣詩人和俳人。中正大學外國語文學系碩士。中國流派詩刊華文俳句專欄主編。香港先鋒詩歌協會菁英會員。台灣創世紀詩社同仁。日本第二回「二百十日」俳句大會入選佳作。

參考文獻

1 黃靈芝《台灣俳句歲時記》，日本，言叢社，2003，182頁
2 Bruce Ross ed., HAIKU MOMENT. USA: Tuttle Publishing, 1993, pp. 10
3 今田述〈世界の「俳句・ハイク」事情〉，國際俳句交流協會，2018年9月19日取自：http://www.haikuhia.com/about_haiku/world_info/china/how_to_create/intro.html
4 莫渝《詹冰詩全集三》台灣，苗栗縣文化局，2001，268頁
5 詹冰《詹冰詩全集一》台灣，苗栗縣文化局，2001，329頁
6 林建隆《林建隆俳句集》，台灣，前衛，1997年
7 陳黎《小宇宙&變奏》台灣，九歌，2016年
8 楊雅惠《瞬間文本：臺灣「俳句式新詩」文化解讀》，國立中山大學中國文學系研究所碩士論文，未出版，高雄，2016年
9 林瑞明〈台灣俳句A〉，中國時報，人間副刊，1998年11月14日
10 邱各容《台灣俳句集》，台北，唐山，2017年
11 五島高資〈国際俳句において最も大事な要素としての「切れ」〉。俳句大學 HAIKU Vol. 1，2017，16頁

12 Jane Reichhold. Writing and Enjoying Haiku. USA : Kodansha,2002, pp. 31

13 松浦友久著、石觀海等譯《節奏的美學—日中詩歌論》，瀋陽，遼寧大學出版社，1995年。原著：松浦友久著《リズムの美学—日中詩歌論》（日本，明治書院，1991年）

14 仇小屏〈新詩藝術論之五〉，國文天地，19卷5期，2003，pp.93-96

15 今田述〈世界の「俳句・ハイク」事情：中国の俳句事情第五回〉，国際俳句交流協会，2018年9月20日取自：http://www.haiku-hia.com/about_haiku/world_info/china/series/5.html

華文俳句

當前，俳句的活動領域已經不再局限於紙媒。有鑑於此，俳句大學一直在探索如何利用互聯網開展俳句活動。譬如，臉書群體「俳句大學投稿欄」由參加者進行「一日一首互選」，截至二〇一八年七月，「一日一首互選」已達到五十九人次，群體的月平均投稿約為二千二百首（概算）。同時，俳句大學國際學院的臉書群體「Haiku Column」（俳句欄目）截至二〇一八年九月的參加者已超過一千二百人，每天的投稿數量也不低於一百首。最近，「Haiku Column」的參加者擴展到包括英國、法國、意大利、比利時、羅馬尼亞、匈牙利、美國、加拿大、印度、巴基斯坦、台灣等世界各個國家與地區。特別是「華文二行俳句」這次出版俳句集，顯示了獨特的發展趨勢。這些動向要歸功於國際信息交流網絡的快速發展。

我們在「Haiku Column」上提倡須包含體現俳句美學本質與內在結構的「切」

與「二項對照」的二行俳句。目前，只是分成三行的散文式國際俳句成為標準，譬如在日本某國際俳句大會上，「伸到／難民嘴邊的／麥克風」這樣的HAIKU（國際俳句）獲得大獎。我們對此抱有強烈的危機感，這正是我們推廣二行俳句的原因。

正巧，二〇一七年四月，「俳句UNESCO無形文化遺產協議會」成立。這項旨在使俳句得到廣泛認知的運動，對俳句國際化十分有益。然而在推行這項運動之際，有一個很重要的意見：「我們對能否就『何為俳句』這個問題達到共識感到憂慮。」（西村和子，《角川俳句年鑑》二〇一八年版「卷頭提言」）

在俳句大學的「Haiku Column」，我們將俳句定義為使用「切」與「二項對照」進行詩歌創作的短詩型文藝形式，從易懂的角度出發，努力普及便於理解「切」與「二項對照」的二行HAIKU。目前，三行HAIKU居多。但我們認為，須有「切」與「二項對照」的二行HAIKU，作為回歸俳句本質的契機，具有重要的意義。我們每當在「Haiku Column」欄目的HAIKU中讀到日本人想不到的那種二項對照時，便深切體會到俳句的國際交流對於「俳句」解放與現代俳句的發展何等重要。

俳句大学校長　永田満徳

永田満徳先生簡歷：

俳句大學校長、俳人。

一九五四年生。日本俳人協會幹事、雜誌《未來圖》同人、雜誌《火神》總編輯。由恩師引領開始創作俳句三十年至今。

在文學研究方面，著有對三島由紀夫和夏目漱石俳句的論考。

著作：《寒祭》（文學の森），《漱石熊本百句》（合著，創風出版）、《新くまもと歳時記》（合著，熊本日日新聞社）。

讀詩人118　PG2199

華文俳句選：
吟詠當下的美學

作　　者　吳衛峰、洪郁芬、郭至卿、趙紹球、永田滿德　合著
譯　　著　吳衛峰、洪郁芬
責任編輯　劉亦宸
圖文排版　林宛榆
封面設計　趙紹球
封面完稿　蔡瑋筠

出版策劃　釀出版
製作發行　秀威資訊科技股份有限公司
114 台北市內湖區瑞光路76巷65號1樓
電話：+886-2-2796-3638　傳真：+886-2-2796-1377
服務信箱：service@showwe.com.tw
http://www.showwe.com.tw
郵政劃撥　19563868　戶名：秀威資訊科技股份有限公司
展售門市　國家書店【松江門市】
104 台北市中山區松江路209號1樓
電話：+886-2-2518-0207　傳真：+886-2-2518-0778
網路訂購　秀威網路書店：https://store.showwe.tw
國家網路書店：https://www.govbooks.com.tw
法律顧問　毛國樑　律師
總 經 銷　聯合發行股份有限公司
231新北市新店區寶橋路235巷6弄6號4F
電話：+886-2-2917-8022　傳真：+886-2-2915-6275

出版日期　2018年12月　BOD一版
定　　價　300元

Printed in Taiwan

國家圖書館出版品預行編目

華文俳句選：吟詠當下的美學/ 吳衛峰等合著. --
一版. -- 臺北市：釀出版, 2018.12
面；　公分. -- (讀詩人；118)
BOD版
ISBN 978-986-445-302-3(平裝)

851.486　　107020154

讀者回函卡

感謝您購買本書，為提升服務品質，請填妥以下資料，將讀者回函卡直接寄回或傳真本公司，收到您的寶貴意見後，我們會收藏記錄及檢討，謝謝！如您需要了解本公司最新出版書目、購書優惠或企劃活動，歡迎您上網查詢或下載相關資料：http:// www.showwe.com.tw

您購買的書名：________________________________

出生日期：________年________月________日

學歷：□高中（含）以下　□大專　□研究所（含）以上

職業：□製造業　□金融業　□資訊業　□軍警　□傳播業　□自由業

□服務業　□公務員　□教職　□學生　□家管　□其它____

購書地點：□網路書店　□實體書店　□書展　□郵購　□贈閱　□其他

您從何得知本書的消息？

□網路書店　□實體書店　□網路搜尋　□電子報　□書訊　□雜誌

□傳播媒體　□親友推薦　□網站推薦　□部落格　□其他________

您對本書的評價：（請填代號　1.非常滿意　2.滿意　3.尚可　4.再改進）

封面設計____　版面編排____　內容____　文／譯筆____　價格____

讀完書後您覺得：

□很有收穫　□有收穫　□收穫不多　□沒收穫

對我們的建議：________________________________

____

____

____

請貼
郵票

11466
台北市內湖區瑞光路 76 巷 65 號 1 樓
秀威資訊科技股份有限公司　收
BOD 數位出版事業部

···

（請沿線對折寄回，謝謝！）

姓　名：＿＿＿＿＿＿＿＿　年齡：＿＿＿＿　性別：□女　□男

郵遞區號：□□□□□

地　址：＿＿＿＿＿＿＿＿＿＿＿＿＿＿＿＿

聯絡電話：(日)＿＿＿＿＿＿＿＿(夜)＿＿＿＿＿＿＿＿

E-mail：＿＿＿＿＿＿＿＿＿＿＿＿＿＿＿＿